고강 **김준환** 시선 상권

징검다리 건너

실낙원에 핀 함박꽃

신세림출판사

고강 **김준환** 시선 「징검다리 건너」 상권

실낙원에 핀 함박꽃

별 하나에 나 하나

밤 하늘에
빛나는 저 별
하나 하나가

오늘밤

누군가 우러러
간절히 기도하는
소망의 눈동자라면

그 눈동자
하나 하나가 모두
빛나는 별빛이라면

애시당초
우리 모두
별이였네요

● 서문 • 5

징검돌 첫돌

징검돌 둘

징검돌 넷

징검돌 다섯

징검돌 여섯

징검돌 막돌

장검돌 청돌

서시序詩

초겨울도
다 저녁

팽팽하게
긴장이 감도는
처마 밑 거미줄, 저
절제의 중심에

시방
꼼짝 않고 엎드려 있는
사유思惟의 덫 속으로
작심作心하고 뛰어 들어

생전에 함부로 더럽힌 말과 글
아둔한 이 머리부터
자근자근 씹히다 보면

어쩜, 주박呪縛에서 풀려나
수정보다 더 맑은 이슬
눈부시게 반짝이는
새벽으로 나오는 길 보일거나.

근하신년[正月]

방금
우물에서

두레박 철철 넘치게
길어 올린

은혜로운 새해
아침 해를

백자白瓷 대접에
고이 담아

은쟁반銀錚盤에
조심스레 받쳐

당신의 방문
살며시 열고

머리맡에
놓아드립니다.

나의 해맞이

나는 지금 동해 남부선
내 여정의 간이역
汽笛標 아래 주저앉아

뇌관에 불을 붙여 놓고
폭파를 기다리는 소년처럼
심장박동 소리에
귀 기우리고 있다

오늘도 첨성대 이마위로
쏟아지던 무수한 별빛이
미망迷妄의 수평선 너머로
하나 둘 사라지고 나면

태고의 시림始林에서부터
새벽을 잦추는 우렁찬
수탉의 훼치는 소리는
어둠을 깨뜨리며

드디어
검푸른 작두날 위에서
덩실덩실 춤을 추고 일어나는

내 안의 무녀도巫女圖였다가

대왕암 넘실대던 물너울 위로
눈부신 용갑린 번득이며
치솟아 오르는 장엄한 열사의
환국還國이며 기치였다

이제,
내 사유의 図根夅에서
두손 쭉 뻗고 눈을 감으면

저 황홀한 빛의 中心에 손이 닿으며
빛과 나, 나와 우리, 모두가
하나가 되는 순간이다
또 하나가 되어야 한다
이 순간만은…

* 汽笛標 : 추암역 폐역표

소녀상少女像

외중방리
후미진 구미마을

느릅나무 속잎
풀풀 날리는 봄날

내 어느
낡은 기억의 빈담

끼고 돌아앉은
골목에 핀

한 떨기
노오란 제비꽃이었다

난蘭을 친 합죽선合竹扇

그대 가슴이야
늘 쪽빛 하늘이신 것을

묵향 가시지 않은
석란石蘭 한 촉

겹겹이 안으로 여미신
그대 가슴

내게 사알짝 펴
보이시기만 해도

싱그러운 물소리
청량한 바람이시더니

여병餘病에 덩달아
시나브로 지던
모싯빛 내 사유思惟

사분사분
흔들고 일어나는
향기이시여 바람이시여.

묵향墨香

붓 끝에
길이 있어

길 따라
나섰더니

별드리 잠심潛心하는
푸르른 홍연鴻淵에서

열두 발 두레박줄로
길어 올린 향기香氣여!

편견偏見

장갑 속
다섯 손가락

엄지손가락은
집게손가락을 안 닮았고

가운데손가락은
약손가락을 안 닮은 것을

새끼손가락도 다 아는 일이지만
다섯 손가락

일할 때 보면
꼭 하나같이
일 잘하는 것을

너나 내
모양새나 생각이 좀 다르다고

편을 가르는 사람을
진짜 병신이라 부르는 것
아닌가요.

석류石榴

그이가 누구셨더라

이내 병病 깊은 곳에
비밀스레 심어 놓은
당심의 말씀

때문에
꽃 진 자리마다
알알이 영근 열매

이젠
가슴 뼈개고
고백하노니

내 안에
산을 세우시고
잠들지 않는 강물
바다로 흘러들게 하시어

내 이마 위에
푸르른 하늘 있음을
보이셨도다.

산창일기 山窓日記

창문 아래
한 평 남짓한
꽃밭에

한 겨울 내
쌓였던 가랑잎을

갈퀴로 막
걷어내다 보니

원 세상에!

파릇파릇한 새싹들이
꼭 쥐고 내민
조막손 보시게.

우리 준雋이(손자녀석)
신생아실 창밖에서
처음 보았을 때 그 기분
"알지"

정말
그랬어. 그날

허수아비의 노래

나도야 한번쯤
굽 높은 시선視線으로
넘보는 시월

누군가 유감없이 살다 버린
자투리 세상
헌옷 한 벌 얻어 입고

노을 질펀히 깔리는
들판에 서서
뒷모습 그럴싸한 여인을
만나고 싶구나

금가기 쉬운 것이 사랑이라지만
어쩌다 가슴 한 복판 날선 칼로
쏙 베일지라도

싸맨 흰 무명천에
붉은 피 흠뻑 배도록
상처 받으며 살다 뜨고 싶구나

발등에 떨어지는 피눈물

방울방울 대못으로 박힐지라도

홑벌
이 뜨거운 목숨
꼭 부둥켜안고
몸부림치며 살다 뜨고 싶구나.

사유수 思惟手

꽃집 앞을
막 지나치다 말고
돌아서

장미꽃 한 송이
사들고

방금
쫓기듯 뛰쳐나온
법원 민원실

침 뱉듯 뱉어버리던
퉁명스런 대답이 쌓인
책상 위에

슬며시 얹어 놓은
꽃 한 송이

멋쩍은 미소로 집어 들던
파리한 두 손

그래, 방금까지

자뜩 찌푸려 있던 하늘이
말끔히 개이면서

내 마음도
파랗게 물들어 오데요.

나팔꽃

여름 한 철
새벽 빛 딛고 깨어난
화사한 꿈이었다

눈부신 햇살 아래
빛나는 눈동자는
이슬이었다

방울방울
맺힌 눈망울
꽃으로 발묵하는 순간

빛나는 것은 모두
황홀한 찰나刹那의
잔상이었다

이제는
눈 감아도 보이는
얼굴이었다.

외중방리 시인마을

해지운
가을산 그 아래로

동구밖을 잇는
이끼낀 징검다리
건너가면

쪽나무 가지에 걸린
앙상한 속삭임

시름시름 앓으며
나뉘는 바람소리

파랗게 질린 냇물을
조심스레 건너오는 보름달

금시라도
자지러질 듯한 집 한 채

누가 살다 떠났을까

여명

즈믄 해
저 無明의 始林을
푸르디 푸른 두 날개 퍼득이며
새벽을 깨우던 계명성鷄鳴聲은

토암산 山鳴이였다가
애절히 어미를 부르던
에밀레 종소리였다가

대[竹] 마디마디
숨결을 짚어가면
대왕암 넘실대던 거친 파도를
잠재우던 만파식적萬波息笛이였다가

때없이 儀式처럼
치르던 나의 無密期무밀기를

오늘은
내 영혼의 기슭에서
새벽을 잦추는 저 청정한 울음
내 안에서 共鳴하며

未明의 내 영혼을 흔들어 깨우는
咏唱이였다.

文房四友 中 먹

두메산골 숫색시
구메 혼인하던 날은
화들짝 핀 복사꽃이
빈객寶客이였다.

三代를 대물린
속빈 은비녀 한 쌍이
고작 예물이였다.

가난은 선비의 부끄럼이 아니라며
끝내 소매자락 붙잡고 따라 나선
새색시

먹물보다 더 진한
깜깜한 세월
눈물로 보냈답니다

지금은 이름조차 떠오르지 않는
골목길 전당포

30촉 백열등 아래
얼굴을 숨기고 맡겨 두었던

속빈 은비녀 한 쌍

시방, 문갑속에
홀대 받는 몽당먹을 보면서

내가 먹을 갈던
60여 년 세월

그 반에 반쯤은
먹이 나를 갈아 주었구나
(黑磨人)

* 구메혼인 – 널리 알리지 않고 가족끼리 하는 혼인

文房四友 中 붓

내 집 사랑채에
속절없이 客이 되어
백발이 성성한 늙은 선비

君子謹其所與處하고

대쪽같은 성품에
늘 목욕재계하고
꼭두상투 틀어 올려
의관을 정제하면

오라!
영락없는 仙鶴이더니

달 밝은 밤이면
斗酒를 마다 않는 四君子
뜰안에 모여 앉아
一筆揮之하니
금시 앞산 솔밭 머리에
색바람 일더라

古今의 名人의 길 더듬어

탕진한 세월
어언 半百年

귀밑머리 늦서리에
머리채 잡힌 저 선비

오늘은
햇살 따사로운 책상머리
필통에 들어 앉아
곤한 낮잠을 청하노라.

文房四友 中 벼루

나의 胎盤은 山이올시다
雲去 雲來 山不爭
나를 일컬어
見性의 돌이라 함은

나는 결코
꿈은 꾸지 않습니다

깨지 않는 꿈이
어디에 있다던가요

나를 일컬어
羯磨갈마의 돌이라 함도

나는 생각하지 않습니다
四苦 八苦가 모두
생각 속에 모로 누워 있기 때문이지요

나를 일컬어
香氣의 돌이라 함은

나는 말하지 않습니다

침묵이 내 영혼이요
생명의 근원이기 때문이지요

다만
다만, 아득히

내 기억의 上流에서
불어오는 바람소리
물소리, 새소리 뿐입니다.

文房四友 中 한지

새색씨
풀먹여 곱게 손다듬질한
모시저고리였다

어쩌다
지지랑 물에 물발림한
한 폭 산수화에

밤새
끌어 안고 애를 태우는
가슴은 여인이였다

속내 쉽게 드러나
해푸게 潑墨발묵하는 것조차
영락없는 새색씨 가슴이였나니

때론
순결도 감당할 수 없는
열정이라치면

첫날밤을 불태운
불씨울 꼭 가슴에 품어 안고

방금
속살 훤히 보이는
잠옷 차림으로
잠자리에서 일어나

눈부신 아침 햇살 아래
産氣 발그레한 꽃살을
살며시 열고 나오는 가슴은
새색씨였다.

詩讖_{시참}
-花蛇의 노래

내 유년의 고가古家
돌담 틈사이로 드나들던
꽃뱀 한 마리 있었지요

신라적 미추왕
머리맡에 놓인
청동거울 속에 숨어 살았다던가

식칼 같은 초승달이
노송 가지 끝에 걸리는
삼경三更을 지나면

이승과 저승을 넘나들며
탈계脫戒를 일삼던
꽃뱀 한 마리

때없이 한 生을
허물을 지우고 벗으려 해도
지워지지 않는 영혼의 紋身_{문신}

내 어느 전생의 업業이
이토록 잔인하게

밤마다 꾸는 꿈조차
색실로 수繡를 놓아

칠순이 지난 이 나이에
꽃신 한 켤레 달랑 안고
세상 끝으로 내몰린 이 몸

어차피 죽어
이 몸에 돋아날 사반死斑이라면
온 세상 환하게 빛낼
詩文書画의 꽃으로 화들짝
피어보았으면 좋겠네 그려.

4.19 기념탑 아래에서

그 해
4월의 포도鋪道위에는
꽃사태
꽃사태 나더니

어깨 너머로
무너져 내리는
함성과
함성은 山鳴이더니

날 시퍼런
하늘의 뜻이
이마에 와 닿던

그 날
그날은
어디서고

예감豫感의 빛만으로
우리 모두 하나였다

핏발선 창가에도

골목길에도
거리에서 거리로
너울 일더니

새삼 꼭 쥐여진 주먹에
땀이 고인다

이제 남은 자는
죽은 자의 묘비에
꽃을 뿌리고

의거의 탑 等身의 높이에
이름을 새겨 놓고

벌써
그날 그날의
함성과 감격을
잊어가고 있는 건 아닐런지…

징
검
돌

둘

함박꽃 · 1

참, 이상도 하여라
내 어느 전생에 두고 온
녹슨 동경銅鏡이던가

밤마다
꿈처럼 피어나던
창백한 얼굴 하나

오늘 아침 우연찮게
내 집 뒤뜰에서
새삼 보게 될 줄이야

하기는
꿈도 오래 영글면
저처럼 생시로 환생하는 거라면

새벽이슬
촉촉한 눈망울 속에
내 유년의 동인瞳人도
보게 되려나.

문풍지

엄동지
살풀이하다
제풀에 까무러치나보다

하숙집
머리맡 자리끼에
대접 속

금방
얼어 터질 것 같은 한기에

자다 말고 일어나
우둑허니 앉았으니

문득
연탄재가 다 된
아내의 얼굴이 떠오른다.

아내의 洛書

아내는 늘 가슴에
작고 비밀스런 수첩 하나
갖고 있다고 했다

간혹
내 日常의 소홀함이
섭섭해

벽을향해 돌아앉아
글썽한 눈물로
사알짝 적어 넣은 낙서

때론
눈물도 반짝이는
아침이슬인 것처럼

얄팍한 질투조차
한송이 상기된
꽃인 것처럼

묶어 단을 만들면
그냥 한 다발

내게 안겨다주는 사랑인 것을…

정말
그리 머지 않은 날

아내의 수첩 속에
간추려진 얘기가 깡그리
우리들의 사랑의 얘기로 남아

우리가 서로를
진실로 사랑했음을
눈물로 흐려진 별들을
바라보노라면

정녕
밤하늘에 별들이
빛나는 까닭은 알게 되리라

간월도에서

음력
스무이튿날 밤

열세매 썰물

점점 숨이 차오르고
나는 빈혈에 시달리는
바다를 보고 있었다

스무사흘날 밤

한 조금

오늘밤엔
바다가 보이지 않는다
갈매기도 없다

절벽틈에 목숨을 건
海松 가지 끝에
식칼같은 그믐달이

시방, 조금치 하느라

구름 속에 숨어 버리고

물마루 끝에 자맥질하던
암자庵子조차 안개비에 젖어
보이지도 않고

바다를 잃어 버린 나는
까닭없이 또 하나의 섬이 된
나의 旅毒

수렁같은 봄밤을
맨발로 헤매이던 모랫벌에
고독의 무게로 남긴 깊은 발자국을
하나 둘 세며

半裸의 木船 한 척과
내 안에 갇힌 섬 하나

먼 해조음에 귀 기울이며
처절썩 처절썩

파돗소리 파돗소리를
기억해 내고 있다

가을 한 순간

남 몰래
단풍 한 줌
꼭 쥐어 봅니다

금시 ㅏ이 되어
가슴팍을 차 오르는 노을은

어느덧 江물을 적시며
흐릅니다

까치둥지 潛心하는
강가에 서 봅니다

해 갈수록
범람하기 쉬운 고향 생각

어느새
가슴에 홍건히 고이는 것은
눈물 뿐이네요

저녁 노을 질척히
몸져 누운 들판에 서 봅니다

허허로운 세월은
한꺼번에 자빠져
바람 뿐입니다

발 아래 지천으로 깔린
낙엽을 밟으며
오솔길을 접어드는
순간!

내 심장 가장 가까운 곳에서
푸드득 날아 오르는
장끼 한 마리

아!
산산이 금 가버린
가을 한 순간

挿画로 그린 고향

누가 이맘때 쯤
寒燈 내달아
길 밝혀 놓았겠지

밤이 깊어 수렁 같아도
별자리 가지런해
눈 감고도 찾아드는
금오산 기슭

산 어깨 다정스레
둥구나무 그 둘레 둘레
즈믄해 자리 잡혀
살아온 동네야

개울목 목마다 물살이 급해
댕기 꼬리 긴 누님
자주 울리던 냇물아

아무렴,
열두발 두레박줄로 퍼올리면
물맛만으로도 살만한
우물 깊듯 사려 맑은 사람들아

아무렴,
앞산 솔밭머리 위로
한 차례 소나기 퍼붓고 지나면
西上房 앞으로 성큼 다가서는
드넓은 시야

일찌감치 철들어버린
동네 형들에게
속어를 자주 익히던 어린 날들의
은밀한 갈대숲이며

이제, 나두야
해마다 잊지 않고 찾아들던
반벙어리 질그릇 장수 뒤를 따라

동네 아이들 앞세우고
질장구 치며 춤추며
둥굴이 외다리 건너

박꽃 벙긋레 반기는 초가 마루에
반평생 지고 다니던 꿈을
풀어 놓아야 겠네요.

요변窯變

통과의례처럼
뉴스 끝에 나오는 일기예보가
가끔 적중하지 않을 때마다
나는 슬그머니 기분이 좋아진다

세상은 아직도
우리가 모르는 것이 많이 남아 있다는
사실에 대하여 말이다

한평생 하루같이 살아온
아내의 조석으로 변하는
알다가도 모를 속내가 그렇고

내 속으로 난 자식의 속 모를
생각이 그렇고
어느 날 갑자기 가솔을 버린 채
산으로 출가出家한 친구가 그렇고

알고 보면 요지경 같은 세상
이런 재미로 사는 것 아닐런지

깨버린 아홉 점보다

자니紫泥 곱게 핀 분청항아리
목숨 하나 건져 올린 듯… 그레

이 짓거리
죽는 그날까지 손 못 놓는 까닭도
그러할 게다

* 요번 : 도자기 불가마 속에서 일어나는 자연스런 변화작가의 의도와 달리

설매雪梅 핀 뜨락에는

간밤
꿈인지 생시인지

함박눈 소록소록
쌓이는 뜨락을

단발머리
내 어린 누이

누비저고리에
몽당치마 버선발로

꽃인지 눈인지
분간도 못하면서

팔랑팔랑
뛰놀던 나무 아랜

버선발자국마다
하이얀 꽃 수繡를
놓았네요.

겨울밤의 삽화

엄동설한에
연탄불 한 번씩
꺼져버리는 날엔

이내 속도 덩달아
기진氣盡해 버리는
골 깊은 밤이었지요

마루문 열고 밖을 내다보니
함박눈 자로 쌓인
마당에
웬 짐승 발자국

발길 따라 가만히
마루 밑을 들여다보니
방울이네 집 이불 속에
길고양이 한 마리
다정하게 누워 하룻밤을
유숙留宿하고 있었네요

* 방울이 : 반려견

가을바람 때문에

– 착각錯覺의 시학詩學

저녁 먹은 후 집 근처에 있는
학교 운동장으로 산책을 겸해 나가
운동장 한 바퀴 돌고 나서
잠시 벤치에 앉아 쉬고 있는데

어디선가 쥐 한 마리가 스르르르
내 발 앞을 지나가기에 자세히 보니
쥐가 아니라 가랑잎 한 장
'가을 바람 때문에'
쓸려 가고 있더군요

조금 쉬다 일어나려 하는데
이번에는 후문쪽에서
검은 길고양이 한 마리가 살금살금
벤치 앞을 지나가기에
가까이 가보니 고양이가 아니고
바람이 든 검은 비닐봉지 한 장이
'가을 바람 때문에'
굴러 가고 있었지요

나 혼자 웃을 수밖에 없는 일
집으로 돌아오면서 가만히 생각해 보니

들쥐도 길고양이도 운동장에서 한 번쯤
본적이 있었다는 사실

그 때문에
착각錯覺이 인식認識의 한 면이라면
어쩌면
시詩도 착각錯覺의 일면일 수 있지 않을까요.

곡우 穀雨

방금 처마 물 주절주절
정간보井間譜를 타고 내려
창문 아래로 자박자박
봄비 내리는 소리 참으로
싱그럽더이다

올해도
풋머리 오월의 산하를
온 세상 풋풋한 목숨으로
은혜롭게 길러 넘쳐나게 하소서

마을 앞 냇물마다 단비로 넘쳐
목청 드높여 내닫게 하시고
저 대청호 푸르디푸른 심연에
산 그리메 깊고 너그럽게
잠심潛心하게 하소서

항상 우리가 우리 이웃을 위해
지극히 작은 일일지라도
시름과 눈물도 나누어 함께 하므로

이 길 저 끝까지

믿음이 닿는 곳마다
때맞춰 축복의 단비로
흠뻑 적시게 하소서.

그림이 새겨진 은쟁반銀錚盤

노을 한 필
길게 풀어 놓은
강둑길에

새록새록
할머니 등에 업혀
잠이 든 아가는

부추꽃대 하나
뽑아 들고

방금 떠오른
쟁반 달 속으로

아장아장
걸어 들어갔습니다.

이별離別이…

그대
뒷모습

서럽게 남은
그 자리에

또한 모습
초연悄然히
손수건 흔들고 있는 것은

단지
곱게 물든 단풍잎 한 장
어깨 너머로
팔랑팔랑 지는

한 가을
화첩 속
삽화였음
얼마나 보기 좋았을까.

아직도 아름다운 이 세상에

대낮부터 쏟아 붓던 비바람
몹시 사나워 금방이라도
세상 내동댕이쳐 버릴 것 같더니만

오늘 아침 언제 그랬었나 싶게
발그레 상기된 창호지문
활짝 열고 내다보니

어라, 장독대 위로
밤새 떨어져 버린
오동나무 꽃송이들

얼른 뜰로 내려가
젖은 꽃송이 하나 집으려다
가만히 들여다보니

밤새 비를 피한 꿀벌들이
제가끔 꽃송이 하나씩을 차지한 채
하룻밤을 유숙하고 막
길 떠날 차비 한창이더라

나는 마루에 걸터앉아

한 걸음 가까워진 시야
길 건너 먼 산 바라보니

사봉沙峰에서 제비봉을 이어
무지개 다리 곱게 걸쳐 놓았더라

다행히 나도 가끔 끼니 때 놓치며 살아도
아직도 아름다운 세상 그 한가운데
머물러 있었구나

채석장採石場에서

동틀 무렵부터
쾅쾅 흉벽胸壁을 허물어뜨리는
폭음 소리에

산은 모반謀叛 한 번
꿈 꾸지 못하고 산산이 금가며
무너지고 있었다

한나절
정오正午의 불볕 햇살에
달구어진 석수장이 정 끝에

유린당한 산과
무량한 세월은
석편石片으로 흩어지고

알몸이 되어
갈빗대 힘살을 드러낸 채
자빠져 있는 것은
해체된 자연의 태반胎盤이었다

저녁나절 다시 올라가보니

벌써 초주검이 된 채
반쯤 빈 석비石碑가 되어
아랫도리 벗겨진 채
새끼줄로 가로 세로로 묶여

목 타는 석양빛은
무수한 파편破片 사이사이에서
붉디 붉은 피를 토하며
스러지고 있었다.

이명耳鳴에 시달리는 계절季節

가을에는
수화기受話機만 들면

참새 떼거리
아침부터 저녁까지
편문片聞만 물고 날아들어
생트집 잡는 소리에
우선 시달린다

가을에는
수화기만 들면

날선 옥수수 밭에
자칫 설 베인 앞가슴
흘린 피보다 더 슬퍼우는
바람소리에 시달린다

가을에는
수화기만 들면

한 팔베개에
모로 누워 감추고만 싶은

이내 텅 빈 가슴
울음 차는 소리에
시달린다

가을에는 정말
나 혼자 주체할 수 없는
끝 없는 저 파도소리
바람소리, 낙엽 자박자박
밟히며 뒤따라오는 소리에
시달린다.

나는 나그네새였네

나는야
나그네새였네
단산가경丹山佳景 어디메라던가

소백산
옷깃 푸른 바람을 타고
댓재 단숨에 넘어

나는야
나그네새였네
단산무궁丹山無窮 어디메라던가

해마다
장 따라 떠돌던
혁필장이 뒤를 밟아

나두야
괴나리봇짐에
달랑 지필묵 챙겨 넣고

앉은뱅이 다랑논 하나
밀짚모자 속에 두고

아흔아홉 논배미 세던 고개 넘어

선암구곡 물길 따라
사인암, 상선암, 중선암 지나
하선암에서 발을 씻고

옥순봉, 구담동
두 무릎 사이에 머리 박고
한 세월 살다 떠난

나는야
나그네새였네
나그네새였었네.

절망할 수 없는 것은

새벽닭 잦추도록
이리 궁글리고
저리 궁글리던
궁상窮狀맞은 생각 접어
다듬잇돌 밑에 눌러 놓고

멀뚱멀뚱
친정을 바라보며
이리 뒹굴고
저리 뒹굴리던 몸뚱이
벌떡 일으켜 무릎 꿇고 앉아

마음보 치고는
정말 고약하게도
제 입에 물고 피우던 담배꽁초
모질게 비벼 꺼버린
재떨이 속에는

여전히
꺼지지 않은 불씨
모락모락 연기
피어오르고 있네요.

설화지雪花紙에 핀 미시령아!

나는 그날
그 순간을
기억하고 있다

한 순간에
폭파당해 버린
순백의 양안시계兩眼視界

저 무구無垢한
천상의 꽃들이
한꺼번에 하가下嫁한
白衣백의의 혼례

그 장엄한 절경 앞에
어떠한 관용寬容의 절구絶句도
무색해져 버린

또 하나의 절망!

내 영혼 깊숙한 곳에
아직도 설화지雪花紙에 남아 있는 薄明박명

*설화지雪花紙 : 강원도에서 나는 하이얀 한지

아침

너는 내 발치에서
나보다 일찍 자고
먼저 일어나

머리맡에 앉아 있는 너는
그야말로
내 오늘의 거울이구나

늘 단정한 몸가짐에
정갈한 생각으로
하루를 재촉하는 너야말로

텀벙! 막 우울에서
두레박 철철 넘치게 길어 올린
싱그러운 물소리더라

방금 여다 놓은 물동이에서
한 대접 벌컥벌컥 퍼 마신
물맛이더라

너는 정말
돌배나무 가지에 줄지어 앉아

하롱하롱 꽃잎 날리며 조잘대는
참새소리더라

그리고 간간히
부엌에서 달그락 달그락거리며
아침상 차리는 소리에
회가 동動하는 식욕이더라.

징검돌 셋

시래기 청경

아하!
어쩜
내 젊은 날의
시퍼런 오기傲氣가
저러했으렸다

엄동설한 긴긴 밤을
살이 트고 뼈가 어는
치욕을 당하고서도 모자라
겨우 풀이 죽은 저 억지

이제
펄펄 끓는 솥에
삶아 내고 또
헹구어 내고서도

여적
내 속에 쓴맛
살아남이 있으려나.

사모사 思母詞

어젯밤
꿈결인가

늦은 잠
깨울까봐

살며시
방문 열고

자리끼 떠나 놓고
돌아선 엄니 뒷모습

생시 生時였나
꿈이었나.

동행同行

– 낮달을 위하여

어디까지 왔니
「동구밖 정자나무 아래까지 왔다」

어디까지 왔니
「방앗간 지나 빈담 아래 왔다」

부엉이 울음
글썽이 고인
박우물 속

어언
반백半白이 다 된
동행

오늘도
이른 길동무

어디까지 왔니
「어디까지 갈래」

해안에 만나
해안에 헤어질 동행

- 황토길 반나절 -

저기 저
울음 끈 긴 아이들
투정이 주렁주렁 열린
감나무 아래서 잠시 쉬어 가자

우리 설혹
내일 다시 만나는 일 있더라도

오늘은
작별作別을 작별답게
그리 헤어지자꾸나.

꽃상여

꽃 치레 고운 족두리에
옥비녀 받쳐드니
금시 옥잠화 한송이 피더이다

옷고름 단정히 메고
연분홍 치맛자락
살포시 감싸 들고

칠정七# 겹줄 상여꾼
어깨위로 사뿐이 올라서니
오라! 그 작은 앉음새

열아홉 아릿다운
새색시 일레라

꽃송이 송이마다
젖은 아랫 눈시울
이승에 서린 한
꽃비로 지더니

바람에 바람에 나는
꽃내 꽃내

어하 어하
낯선길 떠나는 산등성이
꽃사태 나더니
만장에 나부끼는 해로가

날 받아 떠나는 길 아니건만
어찌 저리 발걸음조차 가벼울까

부추에 맺힌 이슬
바람에 마르듯
우리네 인생人生 또한
그러하거늘

강나루 빈 나룻배
오늘은 저녁노을 싣고 돌아온다.

풍요風謠를 잃어버린 사람들
- 수몰민을 위하여

색바람 실실 불 때쯤
괜스레 갈대숲도
속 뒤집혀 술렁입니다

노을이 질러 놓은 산불은
제비봉 마루를 송두리째
활활 불태워버리고

오늘도 나는
오미에 홍건히 고인
고향 잃은 사람들의
핏발선 눈망울을 보며

어둠별 뜰 때면
옛 풍요에 젖은 어진 혼魂들이
모두 깨어나 호반湖畔을 서성이고

나 또한
주인 잃은 벌꿀 통만 나뒹구는
이 퇴락한 마을 한 구석에

밤마다 잠 못 이루며

함지박만한 귀를 열고
잃어버린 풍요에
귀 기울이고 있답니다.

* 색바람 : 이른 가을에 부는 시원한 바람

곡비 哭婢
- 귀뚜라미를 위한 조곡組曲

간밤
뒷곁 귀뚜라미
애달피 울어
지새우도다

그 울음
가만히
되짚어 펴보니

님 잃은
이내 설운 맘
접어 달래
보내셨도다.

향수 _{한가위}

늘 반듯한 가르마에
은비녀 받쳐 든
쪽진 머리 울 엄니
그리워 찾아든
그때가 아마
모싯빛 가을이었나 보다

저 멀리 강 건너
나직한 산마을에는
저녁연기 가라앉아
비낀 해 타는 노을이
눈물 나게 고맙더라

달집
활활 타오른 불 속에
아롱아롱 스치는 얼굴들
온 마을 사람들
울력다짐으로 동산東山에 떠오른
보름달이었다.

상사화 相思花

나는야
짚신 삼아 신고

내 님은
꽃신 수놓아 신고

귀여린 띠살 문門
하나 두고

한 생을

꿈에도 생시에도
길이 없어

짚신 꽃신
다 닳도록

너나 내 한 몸인 줄
뻔히 알면서

어쩔거니
어쩔거나

물레새 한 마리
칠월 장마 다 지나도록

애긋게 뒷산
다 헤집어 놓았구려
다 허물어 버리겠네.

* 애긋 : '애끓'의 옛말

어떤 조망 眺望

양철지붕 위
저 빗소리
오늘, 그림 하나 건지려나 보다

일곱 시 십 분 양당행 버스
막 지나간 갓길에

빈 광주리 먼저 던져 놓고
조심스레 한발 한발 뒤따라
내려오는 옆집 할머니

벌써 개 짖는 소리
저만치 먼저 달아나버리고

강아지 뒤를 따라
우산 받쳐 들고 잰걸음으로
마중 나가는 할아버지

"그래 오늘 장날이구나"

빗소리에 흠씬 젖은
"천천히 내려 와아.

저 양번, 왜 저런다나.
감기 드시려고."
두 분 얘기 소리 들리지 않을 때까지

나는 창밖 충경을
빗물 줄줄 흘러내리는
유리창에 지필指筆손가락으로
그림을 그려보고 있다.

달맞이 꽃 · 1

숲이 깊어
산에 묻힌
빈담 아래 주저앉아

꽃은 밤을 새워
낮길 밤길 따로 둔
저 달 속내 알 까닭 없고

달도 혼자 밤 새워
궁리해 보아도
알 까닭 없는 꽃 속내

꽃이 모르는 달 속내
달이 모르는 꽃 속내

그래서 밤마다
달은 꽃피기를 기다렸고
꽃은 달 뜨기를 기다린 것은

까닭없이 잘 타는 외로움이나
까닭없이 흐르는 눈물이
아닌 것인 줄 알고 나선

꽃도 달도
나도 덩달아
날밤 새우는 까닭이지요.

달맞이 꽃 · 2

한 여름 밤
기척 없이
꽃잎마다
맺힌 이슬

누룩 넣고
술을 빚은
달빛이었네
솜씨였네

한 여름 밤
밤을 도와
달빛 가려
빚은 색실

옷가슴에
수繡를 놓은
꽃이었네
솜씨였네.

비 오던 장날의 수채화

빗물
줄줄 흘러내리는
우산 아래

흠뻑 젖은
할머니의 속내
랑

산나물이
랑

몸땅 털어
삼천원에 사들고
돌아와

정정길 시인과
반씩 나누어
먹었답니다.

웃음 따라 피는 꽃

입가에 살며시
흘린 듯 스쳐 지난
웃음은 수선화였었구요

눈가에 은실같은 잔주름
보인 듯 만 듯 흘려버인
웃음은 부용화였었네요

감추고 감추려다
한꺼번에 터져버린
웃음은 벚꽃이었구요

옥돌 같은 하이얀 이
눈 깜짝 사이에 감춰버린
웃음은 백합꽃이구요

남몰래 혼자
웃으려다 들켜버린
웃음은 물매화였었나 봐요

해맑은 웃음소리 안 들려도
달덩이만한 환한 얼굴이

함박꽃이었네요

멋쩍고 민망스러워
돌아앉아 낄낄거린
웃음은 개불알꽃이구요

새침데기 가린 얼굴
손가락 틈 사이로 새어나온
웃음은 금낭화였는데

목젖이 보이도록 화들짝
땅바닥에 주저앉아
웃는 꽃은 호박꽃이었지만

너나없이 자랑스레
손에 손 잡고 햇살처럼
환하게 웃는 꽃은 해바라기였대요.

진경단양眞景丹陽

단양에는
유객遊客이 보고 지나는
팔경八景이 있구요

그에 더하여
외팔경外八景이 따로 있답니다

휘영청
달 밝은 밤에

수심水深 깊은 강물에
잠심潛心하는 산 그리메며

골짝마다
그 아래
백석청탄白石淸灘이야말로

내 감히 일러 시객詩客만이
가슴에 담아가는
영혼의 팔경八景이구요

그보다는

팔경, 저마다 또 다른 풍모風貌로
함박눈 자로 쌓인
저 순백의 시계視界 위에

맑고 푸른 달빛
마치 동이로 쏟아 부어

금시
백의관음白衣觀音이
한꺼번에 내려앉은 듯

이미 팔상성도八相成道이시라
팔경八景과 팔상八象이 무릇 하나 된
선경仙景과 진경眞景이라

이는 오직
선객仙客만이 간혹 볼 수 있는
진경眞景 중 선경仙景이라

고강古矼 내가
내 이름을 빌어
그리 부르노라.

복도별업 復道別業

참 희한한
발상의 전환 아닌가
혼자 쌓다 허물어버리는
궁상이긴 하지만

로댕은
무슨 생각으로 그리 골몰하였기에
청동인靑銅人으로 변신할 수 있었을까
궁금했듯이

퇴계 이황李滉 선생은
무슨 말이 그리 하고 싶어
무료한 저 바위 속에
막혔던 말문 새겨 넣고

긴 세월
무얼 기다려 온 것일까
궁금한 것 같이

오른손에 든
붓과 낫보다는

왼손에 든 무진등無盡燈 아래
하나 같이 밝은 세상
보고 싶었던 것은 아닐는지

가끔 심심할 때
방바닥 뒹굴며
제멋대로 궁굴려 보는
석두石頭의 발상發想이지만…

* 퇴계 이황 선생이 단양군수 시절에 화강암에 해서체로 쓴 복도별업이란 글

탁오태濯吾台 앞에서

산목련
꿈꾸듯 피었더라

흙내며 풀내며
한 몸 같은 산길

바람소린
처량凄凉하더라

시자천도詩者天道라 했거늘
만행萬行이고 범행梵行이고 내겐
떫은 땡감 같은 얘기일 뿐

허기사
이 몸에 밀리는 때쯤이야
목욕탕 때밀이 손에 맡겨주면
그만이겠지만

밤낮없이
내 안에서 짐승처럼 울부짖는
부끄러운 욕심은 어찌하누

따져보면
때는 물 위에 떠 보이기라도 하련만
죄는 뜨지도 보이지도 않으니…

사인암舍人嵒 · 2

바다리, 내 집 처마 밑에
집을 짓고 사는 까닭에
조심스럽기야 셋방살이 같지요

하긴, 산중의 법도法度가 이러하니
더디고 급할 것 없는 세월
이마 위엔 쪽빛 물들어 가는 하늘
눈물겹도록 숙연한 이 가을 산중에서

나 아직 무얼 더 깨달아야
이 미련한 내벽內壁 허물고서
저 바깥쪽 내다보게 되는 걸까

달마가 관유貫流했던
면벽 9년, 그게
관연 빛의 속도였을까
마음의 빛이었을까 궁금했듯

운계천 맑은 물굽이
삼보에 일절하고 재절하며
이理와 기氣로 합류合流해 세웠다던
저 무구無垢한 절망 앞에서

한 손에 막대 잡고 또
한 손에 가시 쥐고서도
백발을 막을 수 없음을 깨달았을 때

저 미망迷妄의 벽을 역동易東 우탁禹倬은
안에서 밖을 내다보았을 때일까
밖에서 안을 들여다보았을 때일까

* 바다리 : 말벌의 일종

구담봉龜潭峰

남한강 짙푸른 물굽이
허리에 휘감고

무구삼매無垢三昧에 든
구담봉 정수리에
봄 햇살 눈부시더라

저토록
변하지 않는 것의
진면목 앞에

수시로 변하고
흔들리는 것들의 속성에
너무 익숙해져 버린 탓일까

연신 셔터를 눌러대며
잠시 원족遠足 나온 이 세상
기념 스냅사진 속에 갇혔을 때

유람선 급한 물살에
산산이 금가 잠적해 버린
산 그리메를

다 저녁
언약이야 있건 없건
산 그리메 제자리에 두고
나 혼자 돌아봅니다.

내 안에 깊이 잠든 어머님 전에_{시조}

꽃잎에
맺힌 이슬

은잔에
받아들고

울엄니 베갯모의
희다흰 연꽃 한 송이

수를 놓아
드리고저.

징검돌네

목침제 木枕祭

밤이면 밤마다
내 비좁은 꿈속
보내는 이 없이 날아드는
엽서 한 장

사연마다 내 고향 뒷산
산비둘기 울음 그렁그렁하고

꿈 속 빈자리 자리마다
때없이 피고 지던 찔레꽃아

꿈길 길목 목마다 놓인
풀덫에 걸려 넘어져도
깨우지 못할 그리움아

엎드려 귀기우려 들어보면
내 유년의 뒤란
사닥다리 타고 넘어

아스라이 목메이게
울음이 되어 들리는
어머니 다듬이 소리

꿈의 수면水面으로 떠오르는
얼굴과 얼굴

꿈자리 자리마다
목침木枕으로 때려 다스러도
못 깨울 꿈아

내 시詩의 살이 되고
뼈가 다 된 그리움아

이 내 눈에 맺힌
눈물 한 방울이
밤하늘의 온 별을 다 적시던 때도
내게 있었다니…

실낙원의 꽃

오늘밤 누군가
천기天機를 누설하고 있나 보다
마치 주박呪縛이라도 풀어 놓은 듯이

참 오래전에
우리가 잃어버린 낙원의 꽃들이
하늘하늘 춤추며

하룻밤 성그러운 축제를 위해
실오라기 하나 안 걸친
알몸으로 하가下嫁하고 있다

분분히 내리던 눈은
내가 온 길을 감춰 버리고
저무는 산은 내 발자국
지워버리면

오후 여섯 시 사십 분
마지막 버스가 지나버리고 나면
마치 세상이 등져버린 듯한
이 궁벽한 산마을에는
침묵만 켜켜이 쌓이고

지병이 오랜 나의 뜰 안에도
위로하 듯 실낙원의 꽃들이
소담스레 쌓이고

산까치 울음 꽁꽁 얼어붙은
산사山寺의 석등에도 꽃등불 밝히면

우리가 한 뉘 살아오면서
벗어던지고 싶은 허물이며
함부로 저버린 약속
철없이 저지른 잘못에다

때늦은 후회
이 모든 부끄럽고
낯 뜨거운 발자취

오늘밤
저 하이얀 관용의 손길로
다 묻고 지워버리고

새벽으로 나오는 하이얀 길을
하늘 눈 뜨고 내게도 보이게 하소서.

동강 낙수 東江落穗

동강東江에
잠긴 봄빛

쪽보다
푸르른데

세월은 기척없어
백발은 어이하노

비낀 해
석양夕陽의 산색山色

강江물 속에
가득타.

저 어고魚鼓처럼

뜬금없이 나돌다
스러지고 마는
풍문風聞인가 하면

저 소리
거센 울돌목 건너
서른세 구비 댓재 넘어온 음교音教인지

이 깊은 산중을
때 없이 떠돌며

나뭇잎 한 장
떨림 없어도
어둠을 흔들고 일어나는 것을…

어쩌자고 생전을
남의 눈물 한 방울
닦아주지 못한 내 시詩는

아직도
새벽닭 잦추도록
이명耳鳴에 시달리고 있지 않는가.

연鳶

날마다
자고 일어나면

맨 먼저
밤새 꾼 꿈을
하얗게 잘 마름질해

귓달에
허릿달 대고
방구멍 도려내면

강물도 산그리메도
꽁꽁 얼어붙은
빙판에서도

황량한
벌판에서도

온종일
민줄 잡아채며
옥순봉 날개 푸른
바람을 타고선

청청하늘이고 싶은
목숨이었다
내 꿈의 날개였다.

* 민줄 : 유리가루를 안 먹인 실

연화사蓮花詞

보서요
무초蕪草가 둘러선
못 한가운데

아침 햇살에
눈이 부신 반가사유상半跏思惟像

방금
법상法床에 올라앉으신 듯

묘법妙法을
설設하시는 듯

잠시 잠깐
먼 산 바라보시다가

눈물인 듯 이슬인 듯
또르르르 굴러 떨어지는
자비의 눈망울

사방등四放燈 높이 들고
무명천지無名天地를 밝힌

삼세三世를 요달了達한
꽃 중의 꽃이여.

다우茶友

어느덧
반백半白이 다 된
내 벗이

오늘도
정자에 올라

사우四友를 가지런히 하고
나를 반기는구려

어쩌다 너로 하여
기막힌 연緣이

이젠
내게 남은 단 하나
시세에 물들지 않은
향기香氣로 남아

내 문학의
살이 되고 뼈가 되어

사뭇

가슴에서부터
발묵發墨하는 향기였네
꽃이었네.

신新 진달래 난봉가歌

얼레레
웬 놈 지정머리하다
들켰나보네 그려

허긴
불쏘시개 같은 소문所聞에
화들짝 놀란 봄 산

이 골
저 등성이
맞불질로 활활 타네 그려

두견이 이놈
엄동설한 피해
뉘 집 행랑방에 죽치고 들어 앉아
화투판 뒷전에서 개평꾼 노릇하다

봄 산 무르녹자
얼씨구, 이 골, 저 산
온갖 잡놈 다 불러다 놓고
입방이질로 날밤 새운 까닭

아하!
너나 나나
셈 판 다른 탓으로

꽃잎 지고야 잎 피는 까닭
이제 내가 알 것 같네
그려.

춘사春思

삼월은 아직
산목련
꽃망울 아파 보채기엔
일러도

수렁 같은
봄밤
깊기만 한데

온종일
황새냉이 탓만으로
몸져누운 아낙네
속내

밤새도록
진달래꽃 술 담는 꿈으로
또 시달리고 있다.

신 가야금산조 新 伽倻琴散調

한 가을도
다 저녁
산 돌림비 한 차례
오동잎에 자지러지는
빗소리

잘 마름질해
은근히 대청에 불러들여
한 곡曲 청하노니

남도무락南道舞樂
섬진강 오백 리 물길
나는 가네, 나는 가

뭘 챙기고 말고 할 것 없이
달랑 몸뚱이 하나
길 나서면

진안 땅
소백과 노령산맥 성가신
골짜기 구르듯 빠져나와
멀리 마이산 바라보면

석양 속 길게 줄지어
길을 트는 미루나무
마구 흔들어 대는 마을
임실을 지나면

하늘 한편
끼욱끼욱 기러기 한 떼
북녘으로 날아가고

남원 땅 풍성한 정경
느긋이 굽어보다
걸음발 재촉하면

금시 격한 물굽이
한 차례 곤두박질치다
한숨 길게 돌리고 보면
구례 땅, 에서

저 건너 저녁 짓는 연기
너부시 엎드린
정겨운 산마을 하동 땅
허리 껴안고 돌아다 보면

아하!
어느새 저녁 하늘에
어둠별 뜨네요.

* 산돌림비 : 산기슭으로 오는 소나기, 여기저기 퍼붓는 소나기

한가위

당신이 오실 적에는
온 동네 사람들
우격다짐으로 만개한
달맞이 꽃길로

그리 오소서

당신이 오실 직에는
붉디붉게 타는 저녁노을처럼
만행萬行의 한해 고백하듯

그리 오소서

당신이 오실 적에는
소이산 봉수대 이마 위로
장대 높이 든 아이들
어깨 너머 만월滿月로

그리 오소서

당신이 오실 적에는
황금빛 만삭滿朔의 들녘
장구 치며 징 치며

농악대 앞세워

그리 오소서

당신이 오실 적에는
저 무구無垢한 바다 건너
오색 만선滿船의 깃발
펄럭이며

그리 오소서

당신이 오실 적에는
오곡백과 넘치고 넘쳐나
지게마다 수레마다
만적滿積해

그리 오소서

당신이 오실 적에는
하늘 우러러 한 점
부끄럼 없는 만장공도萬丈公道로
당당히

그리 오소서

저 달은

밤마다
내 꿈길
길목마다 지켜서

나도 모를 내 마음
앞서 가는
저 달은

어느새
때까치 잠든
숲을 지나

파릇이
물 때 입은 징검다리
조슴스레 건너

탱자 꽃
울타리 하이얀
지름길로 먼저 와

기다리는
저 달은

외로운 나보다
더 외로움을 타는
까닭일 게다.

나목裸木의 독백獨白

이제야 알만합니다
빈자리 자리마다
바람으로 남아 홀로임을

한 여름
그 숱한 갈채 속에 파묻혀
까마득히 잊고도 살았던
얼굴과 얼굴

꿈자리 자리마다
모두 포개져 하나 되는
그리움일 뿐인데…

홀로 되어 이제야
고백하는 내 사랑
낙엽이었을 뿐

이 겨울 내내
그리워 홀로 부르는
나의 노래는

그건 다만

목관악기로 다스리는
풍율風律일 뿐

곡조는 슬퍼도
홀로 되어 부르는
나의 노랫말은

사랑을 잃고 난
그 후
용서를 비는 탄식일 뿐인데…

거울 속의 저 사내 · 1

수초水草 우거진
오미 속에

웬
낯달

허옇게 센
머리에

멋쩍게
웃고 있는

저 사내
뉘시더라.

거울 속의 저 사내 · 2

머리가
비었으면
속이라도 차야지

뻔히
들여다 보이는
소가지에

지가 제 얼굴
물끄러미
바라보면서도

부끄러운 줄 모르는
저 민낯짝

뉘시더라.

선정禪定

족히
반나절을

댓돌위에
엎드린 채

손 놓고 있는
저 무심無心한
햇살의 잔등에

방금 어디선가
흰나비 한 마리
날아와

합장合掌하는
정오正午.

봄이 오는 길목에서

궁벽한 산마을에도
귀한 손이 오나니

양지 집 토담에
지게째 기대 놓은
등 따신 햇살과

어깨 너비 다정한
골목길 돌아들면

봄볕에 모락모락
뜸을 드리는 두엄자리
일손 하나 없는 이 마을에

물앵두 나무 아래
아직은 발시린 냇물에
귀를 씻는 길인(吉人)을

해종일 나는
대문 앞에서
기다리고 있다.

가의도 賈誼島

뱃길
험타하며

눈물도 속내도
다 감추고

돌아가는
섬 색시

버릿줄 없이
매어둔 정情

아쉬워
못내 아쉬워

뒤돌아
돌아볼 적마다

숨 가쁘게
자맥질 하다 하다

기진해 버린

섬.

* 가의도 : 태안 앞바다에 있는 섬
* 버릿줄 : 배가 떠내려 가지 않도록 묶어두는 노끈

마이산馬耳山아!

나 오늘 이후로
당신이 쌓아 올린
저 푸르디 푸른 두 귀로

당신이 이르시는
쩌렁쩌렁한 말씀
겸허히 듣게 하소서

당신의 말씀 그 무릎 아래
엎드려 순종하는 길도
배우게 하소서

그리하여 당신에 말씀
듣고 깨닫는 맑고 밝은 귀로
열어 주소서

귀밑머리 허옇토록
순하디 순한 두 귀로
하늘이 이르시는 날 시퍼런 말씀
귀담아 듣게하소서

그리하여

늘 내 이마 위에
하늘있음을 명심케하시고

항상 기도의 끈을
놓치 않케 도와주소서.

그리움

얼레달
노 없이 건너 간
나루터에

밤새
설레는 마음
버릿줄로 묶어 두고

기다리다 지쳐
깜박 잠든 사이

고즈넉이
뱃전에 앉아 있던
임을 본 것이

꿈인지
생사인지
나 아직 모르겠네.

징검돌 다섯

낮달을 위한 풍창곡風唱曲

남한강
비단 물길
그립다 도중에 작별하고

옷깃 시퍼런
바람 타고
옥순봉, 구담봉 쉬 넘어

이내 육신의 미려혈尾閭穴에
눈부신 은침銀針을 꽂고

한 발 연緣
잡아 줄
버릿줄 없이

푸르디 푸른
저 무욕無欲의 바다를 건너
무루지無漏地 찾아가는

내 영혼의 구유배여
불계지주不繫之舟여.

모정慕情

가을밤 별자리
나직이 옮겨 앉은
초가지붕 위엔

해 갈수록 아슴프레
멀어지는 고향

이맘때쯤
촛불 밝혀 놓고

늦은 저녁
밥상머리에

잠적潛寂히 앉아
기다리실 어머님 마음을

화선지畵宣紙에 옮겨
그리워 그립니다.

드뷔시의 목신牧神의 오후午後를 위하여

한 차례
구멍이 뚫어져라 전주곡인 양
양철지붕에 쏟아 퍼붓던
소나기에

금방 내동댕이쳐 깨진
거울 조각처럼
햇살의 파편이 눈부셨다

뒤질세라
온 동네방네 들쳐 메고
와르르르 냇가로 몰려 나가

연신 무자맥질로
신명난 하동河童들의
함성 함성은

주흔酒痕이 덜 가신
내 오수午睡를 박살내 놓고

간밤
이십팔숙二十八宿 여섯 번째 술집 이름이

미성尾星이라던가 어디라던가
다녀와

실오라기 하나 안 걸친 채
잠이 든 내 잠자리를

대[竹]발 사이로
뽀얗게 분칠을 한 얼굴로
엿보던 햇살은
그늘을 걷어가 버리고

졸음이 가득 찬 눈으로
내다본 옥수수 밭에는
하나 같이 웃는 얼굴로
시시덕거리며 비웃고 있었다.

* 드뷔시 작곡의 발레곡. 말라르메의 암시暗示나 조응照応의 상징시를 주제로 목신牧神의 낮 꿈을 님
프들의 경쾌한 춤으로 표현했음.

무제無題 · 1

오늘 밤
회한이 서린

이내 눈물
한 방울이

밤 하늘에
온 별들
다 적시는구나.

만각晩覺

칠순을 훨씬 넘긴
이 나이에

가끔 내 유년의 보금자리를
까닭 없이 기웃거리는 것은

아마도 철부지 내 어리광이
온 집안의 웃음꽃이었던 때를
기억해 내려 함일까

요즈름 손자 녀석의
무릎 위 재롱에 흠씬 젖으면서도

새삼 등피燈皮 말끔히 닦아
걸어놓고 나온 어머니 방엔
흔들리는 그림자 하나 없이

문틈으로 새어나오는 불빛이
너무 서럽구나.

환절기 換節期

쑥 보리밥에 쑥버무리
쑥 개떡은 고사하고
쑥죽도 제대로 못 얻어먹고
묽은 쑥죽으로 곯은 배 채우며
똥구멍이 찢어지게 가난했던
시절의 얘기는 가난했어도
정말 부끄럽지는 않았는데…

온 봄을 들머리판 나도록
억센 쑥은 물론 어린 쑥 뿌리마저 캐
캐 먹던 6.25전란 통에
울 엄니, 늘 미안해하시며
"애야, 나 정말 미안하지
전생에 무슨 몹쓸 인연이 있어
눈도 제대로 못 뜬 어린 너를
뿌리 채 캐 먹어야 하는지 모르겠구나."
하시던 말씀 생각하며

정말 요즘
맥도 모르고 침통만 흔들어 대던
그 유명 인사들 그들이
권력이든 반 권력이든

과거나 현재나 언제든지
어진 백성의 입에 민주, 자유, 평화라는
달콤한 사탕발림으로 재갈을 물려 놓고
제 배때기 채우기 바쁜 인간들인 것을

오늘은 무슨 낯짝으로 또
분칠만 얄궂게 단장하고 나와
주둥아리 까는 꼬락서니를 보며
주둥에 가는 지옥은 따로 있어야겠구나
생각하면서
이 어려운 시절의 얘기는 비록
어려울지라도
정말 부끄럽지는 말아야 할 텐데.

* 들머리판 : 모조리 들어먹고 끝장이 나는 판

봄의 초상

돋으라 하잖아도
저절로 돋아나죠

기라고 안 일러도
알아서 설설 기죠

봄나물 입맛을 살려
겨울잠을 깨우고

쑥국에 달래초장
취나물 된장무침

돌나무 냉이국에
민들레 부추김치

질경이 방풍나물에
씀바귀에 원추리

민들레

내 꽃말이 서럽게도
앉은뱅이 꽃이었다

꽃말이야 섧던 말든
몸이야 옴짝달싹 못해도

깃털보다 가벼운
자유로운 내 영혼의 깃발

하늘 높이 날아올라
세상 끝 간 데까지

아무데나 아무하고도
잘 어울리는 꽃

산 너머 들 지나
길섶에나 마당에도

백치白痴 같은 하이얀 꿈
꽃 피운 자리가

배냇병신 앉은뱅이 꽃이
세상의 중심이었다.

그리움 · 2

새벽달은
길 건너편

빌딩 숲 사이를
모걸음으로
빠져나가 버리고

달동네
나지막한 집 창문에는
하나 둘 씩
불이 켜지고

밤새
골목길
외등 아래

동그란 불빛 속에
갇혀 있는 기다림

뉘 마음
저토록 파랗게
질려 있었을까.

강구_{江口}여

꿈자리 자리마다
별과 하늘
집어등_{集魚燈}과 바다가
수평선 위에서 하나가 되어
파도처럼 밀려오는

지금은 되려
타향이 되어버린 강구_{江口}

꿈자리 자리마다
별자리 건너뛰다
삔 발목에 은침_{銀針} 꽂고
찾아들던 내 고향

오늘밤도
오십천 상류에서
목쉰 소쩍새 울음
씻겨 내려 강구 앞마다
시퍼렇게 멍들었겠다.

환상幻想

-도자기 불가마 앞에서

나 어쩌다
풀잠자리 같은 이번 생일랑
그만 내려놓고

화장火葬으로 말끔히
사람 냄새 씻어내고
한 줌 흙이면 어떠랴

태열胎熱로 귀 어두운
도공의 발 물레에 올라앉아
빙빙 돌아가며 세상 멀미
이쯤에서 끝내고

꼬박 세우고 굽 달아
가슴 한복판에서 잼싸게 귀얄로
백토 칠한 항아리면 또 어떠랴

화장토 슬쩍 분장한
에벌구이 알몸으로
잠시 잠깐 세상구경 끝내고

생전에 지은 업業

저 은홍색 불가마 속에
활활 불태워버린 후

어느 9월
햇살 눈부신 뜨락에 나아가

넌지시
세상 밖으로 내다보는
여유면 또 어떠랴.

답答을 기다리는 시詩

때론

닦아야 할
눈물로 있다더군요

닦지 않아도 될
눈물도 있구요

그러나

까닭 없이 흐르는
이내 눈물은
어떡할까요

재떨이

온종일
그렇고 그런 생각에
꼼짝없이 붙잡혀

뿌우연 안개 속을
정처 없이 헤매다

불현듯 창문을
화들짝 열어젖히니

금시
그렇고 그런 생각은
파아란 하늘로

빨려나가듯
날아가 버리고

다만 재떨이에
소복이 쌓인 꽁초

역시
빌 공空
날 일日이였다.

새월이 약이었나요

오후 4시경이면
서둘러 제비봉을 넘어 가는 해
외진 강기슭에 오롯이 남은
구미마을

실은 지는 해보다
마음이 앞서 어둠을 타는
초저녁에

삭정이 한아름 주어다
군불 지펴 놓고
따뜻한 아궁이 앞에 앉아

벌겋게 달아오르는 얼굴로
누렇게 바래버린 일간지에서
덧없는 세월을 만난다

그래
그때 그 시절엔
그렇게 절박했고 분노하고
절망했던 사건들

이젠 한갓
까마득히 잊혀진 옛 얘기일 뿐
아궁이 속에서 불쏘시개로
활활 타고 있는 것을

누구였었나
"세월은 약이겠지요"라고 노래 부른 이.

어느 비오는 날의 잡상

방금 누군가
비에 흠씬 젖은 채로
급히 한길을 가로질러
공중전화박스로 뛰어들었다

주머니 속 동전 개수만큼
딸그락 딸그락거리며
수화기를 들었다 놨다 해가며

하나 같이 졸고 있는 얼굴을 싣고
질주하던 직행버스는
한바탕 흙탕물을 냅다 퍼붓고는
횡하니 달아나버리고

추근추근 내리던 비가 그쳤을 때쯤
간이 정류장 벤치에는
망가진 우산만 버려진 채
전화박스 속 그 사나이도 보이지 않는다

찻물 끓는 삐~ 소리에 놀라
가스렌지 불을 끄고 다시
창밖을 내다보니 언제 그랬었나 싶게

비는 그치고 햇빛 쨍쨍 내려쬐고 있었다

그래, 아무래도 오늘은
나부터 가을비에 젖은 탓인지
한 폭 그림이 되려나 했더니
비바람과 낙엽과 흙탕이
범벅이 되어버린 낙서였다.

눈물이 날 때면

엄니
정말 나이 들면
눈물도 흔해지는가 봅니다

때론 저도
눈물 될 만한 일 있으면
아예 뒷산에 올라가
파묻어버리고 내려옵니다

엄니, 그래도
눈물이 나면요
얼른 냇가로 내려가
한바탕
세수를 하고 올라온답니다

세상사 산다는 것
눈물은요, 앞도 뒤도
속도 곁도 없이 쏟아지구요

그래도 주저앉아 엉엉
통곡하고 싶을 때면
우물로 달려가 열두 발

두레박줄로 길어 올린 냉수
벌컥벌컥 눈물도 함께
삼켜버린답니다

엄니, 염렬랑 하지마세요
제가 누구입니까
바로 엄니 둘째 아들인 걸요.

오수^{午睡}

도라지꽃밭
나불나불
접영蝶泳으로 건너가던
흰 나비 한 쌍

방금
하늘로 치솟아 오르다
내리꽂히듯
사뿐이 내려앉는다

저 얼마나 가벼운
영혼이면 저러할까 싶어

나도 한 번쯤
홑겹 눈부신 날개 펄럭이며
정말 세상 한 번
우습게 내려다보며
좋아라 낄낄거리다

강아지 다급하게 짓는 소리에
벌떡 일어나다 그만
책상 모서리에 이마 한 번 찍혀

콩알만 한 혹 하나 달고 잠을 깬
오후 2시 14분
8월 장마 끝 무렵이었다.

담쟁이 넝쿨에 대한 소고 小考

7~8월 장마 끝에
경이로운 아침 햇살
참 눈부신 그 아래

이미
나의 뜨락에는
꽃들의 축제가 한창인데

가끔 나를 슬프게 하는
우리 집 들어오는 골목길

내 이웃과 이웃을 나누던
시멘트 블록 담 위에
유리조각에다 가시철조망까지
쳐놓은 살벌한 골목을

해마다 저 푸른 손길과
은혜로운 가슴으로
한 뼘 한 뼘
초원으로 메워 가는
미덕의 화가 당신은
누구십니까

방금 소나기 한 차례
자지러진 골목길엔
매미울음소리 시원스레
길을 트고 있네요.

창窓을 열면…

도랑 하나 건너
돌담 너머

얼키설키
얽힌 한 뉘

네가 내 어진
이웃이 되고
내가 네 이웃이 되듯

둘도 없이 다정한
내 이웃 사랑

이웃 간에
다정도 병이라면

우리 모두
한 사나흘씩

짝지어
몸져누워
앓아 보세나.

징검돌 여섯

백수 白叟 세심기 洗心記

오색 비단에
은구슬에 금박 물린
꽃굴레 쓴 소년은
뉘 집 현손玄孫이라 했던가

오월 남쪽 중천中天에
까마귀 별자리
나직이 내려앉은

경주 미추왕릉 발치
쪽샘 고가古家의 뒤란
감나무에 올라앉아

헛되고 헛된 꿈을
짓고 빚고 파헤치다
제 발등 찍힌 노구

이젠 더도 덜도
숨고 감출 것도 없는
몸과 맘

내 묏자리 옆에

생전에 함부로 더럽힌
말과 글을 긁어모아
먼저 묻어 두고 가려 하노라.

해방촌解放村

올봄 비온 뒤끝이라
옆집에서 얻어다 놓은
호박씨

거름 몇 삽 떠 넣은
구덩이 속에
씨눈 바로 세워 묻고

대나무 쪽 휘어
가로 세로로 꽂아
비닐로 씌워 흙 살짝 둘러
덮어 놓았더니

얼레, 벌써

어스름에 잠기는 산촌
호박꽃등燈 환한
툇마루에 걸터앉아

호박잎쌈에
애호박 썰어 넣은 된장찌개
부글부글 끓는
밥상 받아 놓았네.

겨자芥子 씨

이 작은
불씨를 하나

호호
불어

가슴에
고이 묻어 놓고

두 손
가지런히 모아

엎드려
기도드리오니

원願이옵니다
원이옵니다

서창書窓 밖
설매雪梅

방싯
꽃망울
눈 뜨게 하소서.

빈자리를 위한 시초詩草

애초에 있었던 자리는 아니지요
누가 쓰다 남은 자리도 아니구요

그렇다고 특별히
누굴 기다리는 자리도
미리 예약해둔 자리는
더욱 아니구요

다만 빈자리
그냥 두고 보아도 좋은 그림

비어 있어 남은 여백
시詩 같은 그림이지요

남녀는 물론 늙고 젊고 간에
어리고 병든 이까지
서로 미루고 양보하다 보면
마지막까지 남아서 빈자리

이 세상 끝까지
비어서 남은 자리
정말 보기 좋은 한 폭

은혜로운 명화 중 명화 아닌가요

예술이 꼭 전시장이나 무대에서만
이루어지는 것이 아니라
마음으로 읽고 보고 듣는 그림
가슴 뿌듯한 예술 아니던가요.

연緣

잘라서 끊어질 끈이었다면
놓아서 풀어질 끈이었다면
좋았을 이 기막힌 끈이야말로

생전은 물론
죽어서도 끊지 못할
모질고도 눈물겨운 길고 질긴
이 끈

사고四苦 팔고八苦는 물론
희노애락이 이 한 끝에 엮여
이승에서 저승까지 이어진
길고도 안쓰러운 이 끈은

산문産門을 연 그날부터
육도윤회六道輪廻로 이어져
피도 눈물도 없는 사내도
인정 사정 없는 계집도
피할 수 없는 오묘한 이 끈도

'인생人生의 한계限界'
그로부터 시작해서

고뇌도 희노애락도
삶의 과정일 뿐
아름다운 삶의 이면裡面인 것을…

모과

서리꽃
핀 마을
감발치고 찾아드니

봄 여름
기척 없이
가버렸어도

귀밑머리
허옇도록
가부좌 틀고

꽃 진 자리마다
언약의 열매
향기로 남아 기다려 준 그대

나, 그대를 일러
고강古岡의 벗이라
부르겠네.

삼월三月

부질없이 짧다 해도
봄이야 그래도
기다리는 마음보다
앞서 가지만

지난해 가을인가 싶네요
아랫말 용龍씨가
삼아준 짚망태기

고마운 그 마음씨에
양지바른 황토벽에
걸어 놓았더니

어허!
올봄 황정산
등반 기념 지팡이에
얼레, 새순 돋았다는 풍문에
벌써 동나버렸고

우리 집 짚망태기에도
덩달아 파릇파릇
물올라 오겠네 그려.

곤지암 괭이마을

서릿바람 이는
꼭두새벽을 틈타

내 또한 궁벽한 십이 년 세월을
비석인 양 남겨 놓고
홀홀 떠나왔습니다

개나리 심어 울타리 삼고
천막으로 지붕 씌워
눈비를 피하던 무상한 날들

이른 봄부터
앵초 은방울 금낭화 할미꽃
모두 키 낮은 풀꽃들 피는 뜰에는

수시로 찾아들어
내 오수를 헤집어 놀던
날다람쥐하며

가을이면
낙엽에 덮여 영락없이
길을 잃고 말던

작은 언덕길

한 세월 정 두터운 이웃
모두 잊은 채

얻은 것도 잃은 것도
챙길 것도 없는 허망한
몸뚱이 하나

훨훨
떠나왔습니다
미련없이…

봄의 찬가

해토머리에
구렛들이며 고래실은
말할 것도 없고

저 천둥 바라기 개똥밭도
마른 논도, 다랑논도
헛간 뒤 손바닥만 한 텃밭도
모두 배냇짓 해대더니

어허!
숨죽이고 흐르던 개울물도
고함지르며 내닫고
잔설이 희끗희끗한 먼 산에는
이맘때면 고로쇠 물 오르나니

아하! 이 골 올가을
풍년 들겠네 그려

허기사 우리네 삶
한 뉘 살다보면 이리저리
얽히고 설킨 것들 다 풀어헤쳐
화해하고 삽시다 그려

보소서 하나님
푸르디푸르게 목숨 있는 것들
다 일깨워
은혜로운 당신에 손길로
꽃피고 진 자리마다 열매 맺어
풍성한 한 해 되게 하소서.

향촌지례 鄕村之禮

칠순을 넘기고
제법 겸양지덕을 윤신潤身했다
하면서

단양에 이사와서
새삼 머리 숙이는 법을
배우는 중이다

나지막한 시골집 문지방을
아침저녁으로 넘나들며
시도 때도 없이

이마빼기 성할 날 없이
터지고 배우는 또 다른
향촌지례 鄕村之禮

도시 사람
진짜 시골로 귀촌하는 길
이다지도 험하기만 한 건지

여적
속빈 산죽처럼

공연히 멋만 들인 이내 속내

뒤늦게 머리 숙이는 법
익혀야 하는 까닭인 것을…

사색설四色說은

조릿대
저희끼리 모여 앉아
잘도 수군거려도

시누대
흉보거나 말거나
딴전을 피우고

섬대
제 잘난 멋에 취해
으스대 보지만

갓대
돌아앉아
못 듣고 안 본 척
텃세를 부리네요.

* 사색설四色說 : 황색, 청색, 적색, 녹색, 네 색이 원색의 감각으로부터 모든 색에 대한 감각이 생긴
다는 설

상흔

스물여덟 날
조금치 하느라

찌무룩히
해송 너머에 선

근심어린
달무리는

너나 나나
시도때도 없이

보슬보슬
소리없이 내리는

안개비에
가슴부터
먼저 젖고 있네요.

* 조금치 : 조금 때 날씨가 흐려 안개비가 내림

물레방아 도는 내력

등잔불 불어 끄고
잠을 청하자 했더니

대낮같은 달빛
들창문 틈새로
새어들더니

금시 도랑을 내고
쏟아져 들어오는 달빛

객수客愁로 여윈 가슴
숨차게 차오르더니

방안 가득
차고 넘쳐

밤이 새도록
퍼내고 퍼내다 지쳐

가을밤
새벽닭 잦추도록
꼬박 뜬 눈으로
지새웠습니다.

구정소묘舊正素描

간밤
도둑눈 내린
마을에

골목길에서부터
동구洞口 밖 언덕길 올라
정류장으로 급히 달아난

구두 발자국
누구 마음이었을까

못 잊어 뒤돌아 돌아본
고향집 돌담

누구 마음이 남긴
구두 발자국 저러했을까

걸음마다
자국마다

얼어붙은
구두 발자국
누구 마음이 저러했을까.

잡기장 雜記帳

지난 밤 꿈이었지요
밤새도록 노오란 은행잎
머리맡에 바지게로
퍼다 쌓아 놓더니만

늦은 잠 일깨우는 대문 밖
방울이 짖는 소리에
일어나 나가보니

노란 비닐봉지 셋에
명함 한 장 끼워놓고
사라져버린 이 친구

세 번을 들고 날라 열어보니
햄, 쏘시지, 치즈, 맛살에 초콜릿
컵라면, 파인애플, 그 중에

잊지 않고 내가 좋아하는
양갱 한 상자에 방울이 육포
간식까지 챙겨 사다 놓은

전국구 이 친구를 소개하자면

글 시詩자 시인지, 때 시時자 시인지
아예 몰라도 시인詩人이라 하면
죽고 못 사는 이 친구

생전 시 한 편 써본 적 없어도
시 한 편 적어주면
자다가도 일어나 달달 외운다는
이 친구
진짜 시인 아니던가요.

* 전국구 : 전국을 상대로하는 공인중개사

모노 팬터마임

다 저문 한해
망년회가 막 끝난 골목길을

'타향살이 몇 해던가'
고복수의 노랫가락이
빠져나가버리고

밤새도록
저 높이에서는
발등조차 분명치 않은
외등 조명 아래

방금 무대 위로
비틀거리며 등장한
술꾼 한 사람

마구 흔들리는 외등
아랫도리를 붙잡고
실갱이질을 하다가

그만 슬그머니
실례를 해버리고 주저앉아

구두 끈 풀어 얌전히 벗어놓고
양복 차근차근 개어 베고
금방 잠이 든 시간이
섣달 스무엿새 1시 41분이었다.

섣달그믐

단풍철 한창이던 때
엊그제 같더니만
날선 바람 할퀴듯 몰아치고

닭털만한 눈송이
장독대에 자로 쌓더니
괜스레 찡하니 코 끝 맴더니

올 한해
이래저래 풀지못한 일들
따뜻한 아랫목에 눕힌 등때기
도무지 편치 않아 못 견디겠더라

이 궁벽한 산골짝
겨울밤은 왜 이리 긴지
귀만 함지박 만하게 커져

이리 미루고 저리 제쳐놓고
아예 못 본 채 쌓아 놓은
온갖 잡동사니들이 되살아

그예 반기叛旗를 들고 일어나
이 긴 겨울밤을
드잡이를 하잔다.

만행 萬行

열다섯 평 남짓
빠꼼히 뚫린 정선 하늘을

시방
돛대도 삿대도 없이

성급히 달려온 구절천과
느긋한 골지천이 아우러지는
이 강을

싸릿골
산 동백 꽃피는 까닭만으로

여량리에서 잡아당기는 배에 실려
유천리로 슬금슬금
끌려가고 있는 중이다

보소
아우라지 뱃사공
물질 서두르지 마오

저 낮달도
해전에 강 건너야 할
동행인가 본데…

사노라면

보게나
이 사람아

한 뉘 살다보면
별의별 일 다 보고
듣고 산다네

때론 서럽고 아니꼽고
더럽고 치사해서 그냥

얄미워서 더 서운해 하다 보면
그래서 더욱 외로운 일
있기 마련이지

그까짓 것… 다

따지고 보면 애초부터
내가 품고 내가 키워
내 안에서 자라 살이 되고
뼈가 되고 가시도 되던 것들
아니던가

그라! 오늘 밤
그깟 것들 다 꼭 품에 안고
하룻밤 푹 자고 일어나 보게나

그것 다
내 맘속
속살 은혜로운
내 살붙이였었다네.

징검돌 막돌

함박꽃

한 성 우 문학박사, 문학평론가, 서울여대 강사

참, 이상도 하여라.
내 어느 전생全生에 두고 온
녹슨 동경銅鏡이던가

범마다
꿈처럼 피어나던
창백한 얼굴 하나

오늘 아침 우연찮게
내 집 정원에서
새삼 보게 될 줄이야

하기는
꿈도 오래 영글면
저처럼 생시로 환생還生하는 거라면

새벽이슬
저 촉촉한 눈망울 속에
내 유년의 동인瞳人도
보게 되려나.

- 김준환 「함박꽃」 전문 한국시, 2000.8

'함박꽃'에 대한 체험적 서정이 은유적 표현과 직관적 통찰을 통해 시·공을 초월하는 형이상의 세계를 지향하고 있다. '함박꽃'을 '전생全生'에 두고 온 녹슨 동경銅鏡'이나 '창백한 얼굴' '유년의 동인瞳人'으로 은유화한 것이나 '전생全生' 즉 과거와 '오늘 아침'현재 '환생還生' 등의 혼합적·초월적 시간구조가 바로 그것이다. 대상에 대한 이러한 통찰과 형상화를 통해 단순히 미미한 물리적인 하나의 사물에 불과한 '함박꽃'을 존재론적인 삶의 절대미의 경지로 전이轉移 시키고 있다. 사물에 대한 통찰력과 원숙한 표현방법을 통해서만 이룩될 수 있는 시적 경지라 할 수 있다. 그러나 시를 쓴다고 해서 누구나 이러한 경지에 도달할 수 있는 것은 아니다. 고희古稀를 바라보는 연륜 속에서 자신의 온갖 희로애락의 체험을 한 편의 시로 빚어 올리기에 절차탁마切磋琢磨했던 김준환 시인만이 도달할 수 있는 경지이다. 간단히 말해서, 그 경지는 시성詩聖들만의 세계이고 지금 김준환 시인은 그 세계로 들어서고 있다고 감히 말할 수 있다.

고강 김준환 시인

김 선 아 시인

그는 산 같기로
깊으나 그윽했고

더 이상 시비가 없는 곳에서
길 저편의 삶을 알았네.

그는 낡은 길을 포기하며
진심을 따라 걸었고

자유로이 숙면하고 깨어난
그의 몸 된 인연은 오직
시인이란 두 글자였네.

초산수인

-고강 김준환 시인을 위함

김 희 재 시인

깊섶이 푸른 외중방리엔
메아리 없는 그가
살고 있습니다.

해가 뜨고 중천이 되어서야
산 그림자를 벗는 골짜기에
이름표 없는 그가
살고 있습니다.

헛헛한 외로움이
달큰한 소주 잔 위로
칠순의 수다를 털어내는

물길 머무는 외중방리엔
세월을 묶어두려
밤낮을 뒤로한
나그네가 살고 있습니다.

7월의 외중방리

-시인 마을에서

홍 석 하 시인

화선지에 먹물 떨어뜨려
여름 나는
외중방리 김준환 시인
묵향에 취해버린
금수산이 눈을 감는다.

할 일 없는
산중의 하루가
벌거벗고 강물로
떠내려간다.

7월을 앞세운
도라지꽃이
비를 부르고
바람을 부르고
또 누구를 기다린 건가.

시퍼런 강물은
기다리는 이 없는데도
산을 안고 돌아

서울로 가던데

진종일
집이 집을 지키는
외딴집
마당가 금낭화가 핀다.

타령

-외중방리 연가

정상순 _{시인}

그대의 우물엔
지금 막 퍼 올린 황금빛
아침 해만 사나요.

캄캄한 밤중에
길 잃고 헤매다가 찾아온
별똥별 하나
연잎처럼 떠 있나요.

별똥별 눈물 한 방울
찔끔 섞이면
세상은 온통 노을빛 그리움으로 가득 타고

혓바닥과 목구멍과
오감의 마디마디에
오디처럼 달콤한
그런 슬픔 하나
달무리로 걸어 놓았나요.

풍뎅이와 다람쥐와 고로쇠나무와

질경이와 망구스와 쥐뻬리와 그의 사막과
툇마루와 종자기와 여치와 커다란 달과
반쯤 닳아버린 쇠문고리와 그걸 엿듣는 귀와
그런 고유 품사들
떼로 몰려와

영차 영차 퍼 올릴
두레박 끈 끊어질까 근심하고
그런 날 있나요.

외중방리의 나의
시인이여.

고강재 古矼齋 에서

김 병 렬 시인

분분(紛紛)히 내리던 눈발이
길을 감추는 초겨울이었다.

길가에 세워 놓은 시인마을 팻말이 아니면
금방 묻혀 버릴 것 같은 골짜기에

아마 월악산 갈까마귀 떼가
낡은 집 한 채 물어다

단양군 단성면 외중방리 구미마을
골짜기에 동댕이치고 날아가 버린 듯한 집 한 채

그나마 대문 옆에는 산죽(山竹) 잎 제법 푸르지만
금시 허물어져 버릴 것 같은 누옥(陋屋)이 바로
고강(古矼) 김준환 시인, 당신이 세상의 중심이라고
우기시는 고강제(古矼齋)다

비록 누옥(陋屋)이지만 백수(白叟) 이 몸뚱이
두 발 쭉 뻗고 그루잠 청할 수 있어
좋다 하시고

212 실낙원에 핀 함박꽃

머리맡에 쌓아둔 책은 문틈으로
새어 들어오는 바람을 막아 주어 좋고
발치에는 늘 털복숭이 강아지 한 마리
제 꿈을 베고 곤히 잠들고

앉은뱅이책상에는 문방사우文房四友
아직은 쓸 만하다 하시면서

별빛 말[斗]로 쏟아 붓는 뜰엔
밤마다
'땡그렁 땡그렁'
처마 밑 풍경이
눈부시게 금비늘 털어내고 있었다.

시인의 집

유 진 이 시인

이내
버려두었던
마른땅 사립문 가에도
봄은 오는가.

장희나루 넘어
외중방 후미진 길을
거슬러 올라가면

누가
널어놓았을까
저토록 초라한 행복

잡초 무성한 뜰에
무작정 뛰어드는 별들 좀 봐
미리내 건너오다
발목 젖은 천상天上의 이야기

오늘은 개천가에
여린 귀 쫑긋 세우고
무슨 말 그리 듣고 싶은 걸까.

구미마을 고강 선생

한 인 석 시인

남한강 굽이도는
삼태기 속 곯은 감자 같은 집
다 떠난 그곳에서
새싹을 키워 내었던 시인
감자는
썩어 가지만
그가 남긴 시흥詩興은 살아있네.

고강 댁 · 1

이 시 환 시인,평론가

산이 동서로 가로막혀 해조차 늦게 뜨고 일찍 지는,
어느 산비탈 외진 곳에
홀로 사는 고강古矼
그 댁 앞마당에 4월의 따스한 햇살이 내리는데

그가 있거나 없거나 아랑곳하지 않고
좁은 마당을 가로지르는 디딤돌 가장자리론
키 작은 제비꽃이 어느새 고갤 숙이고
싱그러운 돗나물도 파릇파릇 돋아나는데

그가 있거나 없거나 아랑곳하지 않고
기울어져 가는 대문 밖 늙은 개살구나무에서는
꽃잎과 꽃잎들이 앞 다투어 햇살의 목마를 타고서
대지위로 소리 없이 내려 앉는데

- 2003. 4. 23. 23:18

고강 댁 · 2

이 시 환 시인,평론가

지난 해 여름 폭우 때에
더러는 부러지고 더러는 뿌리채 뽑혀
왕창 휩쓸려 내려온 나뭇가지들을
이른 봄철 내내 이리저리 다니면서 주워다가
굼불을 때는 고강.

바깥 날씨가 청명할수록 더 어둡고 더 차가운,
이른 봄날 아랫목이 따뜻해져 오면
제법 다정다감해진 고적함과 마주앉아 있다가고
어느새 그 소중한 벗조차 까마득히잊어 버리는 것을.

인적 끊긴 이곳 산비탈에
낮게 엎드린 암자 아닌 암자에 앉아서도
눈을 감으면
분망한 바깥 세상의 불길이 훤하네.

- 2003. 5. 4. 13:16

고강 댁 · 3

이 시 환 시인.평론가

밤하늘의 별처럼
불던 바람도 오간 데가 없고,
없던 바람도 다시금 불어오네.

밤하늘의 별처럼
돌틈에서도 작은 꽃송이가 피어나지만,
때가 되면 없었던 듯 자리를 비우네.

- 2003. 5. 8. 06:42

고강 김준환 시선 「징검다리 건너」 상권

실낙원에 핀 함박꽃

초 판 인 쇄   2018년 04월 13일
초 판 발 행   2018년 04월 16일

지 은 이   김준환
펴 낸 이   이혜숙
펴 낸 곳   신세림출판사
등 록 일   1991년 12월 24일 제2-1298호

04559 서울특별시 중구 창경궁로 6, 702호(충무로5가, 부성빌딩)
전   화   02-2264-1972
팩   스   02-2264-1973
E - m a i l   shinselim72@hanmail.net

정가 15,000원

ISBN 978-89-5800-197-3, 04810
ISBN 978-89-5800-196-6, 04810 (세트)

* 이 도서의 국립중앙도서관 출판예정도서목록(CIP)은 서지정보유통지
원시스템 홈페이지(http://seoji.nl.go.kr)와 국가자료공동목록시스템
(http://www.nl.go.kr/kolisnet)에서 이용하실 수 있습니다.
(CIP제어번호: CIP2018010739)